MERLIN

Paris. — Imp. Ch. Maréchal et J. Montorier

LOUISE D'ISOLE

MERLIN

POÈME BRETON

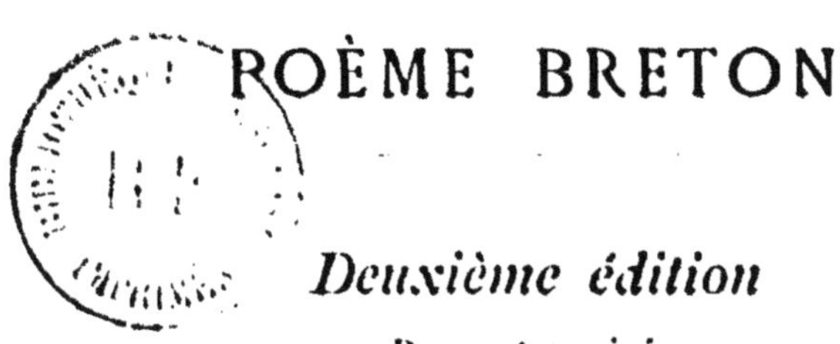

Deuxième édition

Revue et corrigée

Avec une préface de Louis FRÉCHETTE

PARIS
ALPHONSE LEMERRE, ÉDITEUR
Passage Choiseul, 17

1887

PRÉFACE

Pour un livre écrit au Canada, si c'est un titre à l'attention publique que le nom d'une illustration littéraire française au bas de sa première page, il n'en est guère ainsi de la proposition renversée; et beaucoup se demanderont avec raison quel prestige peut ajouter, à un ouvrage écrit en France, une préface signée d'un nom canadien — ce nom eût-il même quelque notoriété de l'autre côté de l'Océan. On soupçonnerait plutôt, dans ce dernier cas, la préface beaucoup moins chargée de faire passer le livre, que le livre voulant bien consentir à servir de réclame au préfacier.

Est-ce bien là le but que s'est proposé l'auteur en me priant d'écrire quelques lignes d'introduction à sa deuxième édition de *Merlin?* Ma modestie n'est pas à cent lieues de le supposer. Quoi qu'il en soit, voici les paroles mêmes qui m'ont engagé à ne pas refuser une demande qui m'honore autant qu'elle m'a surpris.

— Mon poème, m'a dit Mme d'Isole, est un poème breton ; les Canadiens sont un peu fils de Bretons ; c'est de notre vieille terre druidique que sont partis les vaisseaux qui ont découvert la Nouvelle-France, et la plupart des héroïques colons qui l'ont peuplée; par conséquent notre antique patrie est un peu la vôtre, et vous devez avoir une certaine prédilection pour cette portion si intéressante du sol français; voulez-vous cimenter cette espèce de parenté patriotique en inscrivant un nom canadien sur le socle de l'humble monument (c'est l'auteur qui parle) que j'ai essayé d'élever à notre berceau commun?

J'ai répondu :

— Oui; car j'aime la Bretagne, et j'aime votre poème. J'aime la Bretagne — *terre de granit recouverte de chênes* — patrie de Duguesclin et de Brizeux, non seulement à cause des liens sacrés qui l'unissent à mon pays, mais aussi pour ses beautés pittoresques, pour ses fiers monuments, pour ses grands souvenirs, pour le caractère chevaleresque, la foi vivace et la loyauté de ses enfants. J'aime votre poème, non seulement parce qu'il est l'écho sincère d'une époque que la légende a nimbée d'une mystérieuse et enveloppante auréole, mais parce que cet écho a su charmer mon oreille par son timbre, aussi bien qu'il plaisait à mon cœur par les émotions réveillées.

Voilà l'origine toute simple de cette chose insolite : une préface canadienne en tête d'un livre français.

Je dis un livre français, car, si l'on prétend quelquefoi que la Bretagne n'est pas la

France, je ne saurais, pour ma part, admettre cette distinction. Rien au contraire ne me semble plus français que cette noble province à la fois celtique et gauloise, qui porte encore ce vieux nom plein de poésie rude et sauvage : l'Armorique — *bords de la mer*. Elle forme si bien partie intégrante de la grande patrie, que ses défauts mêmes — ou plutôt ce qu'on est convenu d'appeler ses défauts — sont très souvent le correctif nécessaire des qualités opposées portées à l'outrance dans les provinces sœurs. Ils font pour ainsi dire un heureux contrepoids.

D'ailleurs je n'en veux d'autre preuve que ce petit poème si breton et si français à la fois. Si breton par son sujet, si français de langue et d'allure. En le lisant vous éprouvez en même temps ce double charme : une antique légende druidique racontée avec un accent de modernité toute parisienne. Il nous fait songer involontairement à quelque jeune élégante échappée d'une loge de l'opéra pour aller rôder au clair de lune, sous les grands chênes au gui sacré, ou fouler la bruyère rose de son minuscule soulier de satin, en effleurant du bout de son éventail le granit de quelque vieux menhir égaré dans les vastes landes endormies au soleil.

C'est vif et léger comme une ritournelle d'Offenbach, et attendrissant comme ces naïves mélodies dont la note simple et touchante a si délicieusement bercé notre enfance. C'est attrayant même dans la bizarrerie de l'ensemble, dans l'agencement un peu pêle-mêle des détails. Comme pour les tableaux de certaines écoles, le vague des lignes, l'indécision des teintes, n'excluent aucunement l'impression pénétrante qui résulte de l'ensemble. Ces reculements de perspective, ces pénombres flottantes, ces lueurs de crépuscule où se noient les contours, favorisent au contraire cette impression, — surtout lorsque, brisant tout à coup la tonalité vaporeuse des plans éloignés, éclate, comme à portée de la main, quelque vive silhouette hardiment découpée dans un jet de clarté franche et vibrante.

Ce vague — cette obscurité même, comme pourrait l'appeler un critique trop sévère —

sont pour moi un des côtés artistiques du poème de *Merlin*. On sent que ce vague est calculé, que ces demi-teintes — cette obscurité si l'on tient au mot — sont voulus; et il en résulte un charme captivant. Un poème sur les brumeuses légendes bretonnes qui ne se sentirait pas des mystérieuses ténèbres sur lesquelles flotte le berceau des vieux Armoricains comme la corbeille d'osier de Moïse sur le Nil, n'aurait pas la première qualité d'un poème : la couleur vraie. Lisez Ossian.

D'ailleurs la Bretagne n'a-t-elle pas encore, même de nos jours, son côté plus ou moins obscur et énigmatique?

Voilà ce que je pense de ce petit poème breton qu'on m'a chargé de présenter aujourd'hui au public. Voilà l'impression qu'il a produite sur l'esprit et le cœur d'un Canadien. Je serais surpris qu'il en eût produit une différente sur les nombreux lecteurs qui ont si vite épuisé le premier tirage, et que cette nouvelle édition, revue et corrigée avec le soin consciencieux que donne Mme d'Isole à ses œuvres de prédilection, ne fût pas aussi favorablement accueillie du public.

LOUIS FRÉCHETTE.

Paris, 20 octobre 1887.

A LIRE POUR L'INTELLIGENCE DU POÈME

MERLIN *est le personnage légendaire de la Bretagne, où tout ce qui n'a pas une origine connue est censé avoir été fait par Merlin. Ses maximes et surtout ses prédictions y sont partout en honneur.*

M. le vicomte de la Villemarqué, qui nous a engagée à composer ce poème, a recueilli un très gros volume de chants célébrant Merlin comme barde, enchanteur ou guerrier; car ce personnage semble être à la fois historique et mythologique. Les faits qu'on lui attribue ont certainement été accomplis par plusieurs; il a dû, comme les grands peintres, imprimer le cachet de son génie à une multitude d'œuvres achevées ou faites sous son nom.

La naissance de Merlin est attribuée à une vierge séduite par un duz. *Saint Augustin parle d'un génie que les Gaulois appelaient de ce nom. Dans la ballade rapportée par M. de la Villemarqué, le duz, père de Merlin, est un oiseau. Voici ce que le même auteur dit des korigans ou fées bretonnes :*

« Les paysans bretons assurent que les korigans sont de grandes princesses, qui, ayant refusé d'embrasser le christianisme, ont été frappées de la malédiction divine. » Grandes

ne doit pas être pris ici dans l'acception ordinaire du mot. Les korigans ont environ deux pieds, mais « leur forme admirablement proportionnée est aussi aérienne, aussi délicate, aussi diaphane, que celle de la guêpe. Ces fées n'ont d'autre parure qu'un voile blanc, qu'elles roulent autour de leur corps ».

Les anciens bardes cambriens parlent d'une fée nommée Koudwen, à laquelle ils donnent neuf vierges pour suivantes, et Pomponius Mela appelle Galligen les neuf vierges de l'île de Seyn. Mais ne nous accrochons point à toutes ces broussailles de la science ; mieux valent les buissons d'aubépine et les lianes parfumées de la forêt de Brocéliande, théâtre de nos principales scènes.

Dans les poèmes bretons, les personnages discourent et agissent sans transition, sans réflexion; c'est le chant des farandoles, commencé par celui qui mène la danse, et répété par celui qui suit, selon son inspiration particulière; le refrain coupe le récit avec les voix de tous, puis le chant monotone recommence. La guzla servienne n'a qu'une corde, le rebek breton n'en a que trois. Cette musique suffit à un peuple rêveur, naguère encore admirateur de l'harmonie sauvage que produisent les brins de joncs violemment tirés sur les bassins d'airain, pendant que s'allument les feux de joie de la Saint-Jean d'été.

Après avoir raconté la naissance de Merlin et la mort de sa mère, j'esquisse rapidement ses victoires si nombreuses. Le souvenir de nos récents désastres y mêlerait trop de larmes... Passons! Arthur commande à Merlin d'aller en Irlande chercher des pierres miraculeuses destinées à la sépulture des chefs bretons; ces pierres doivent fixer éternellement la victoire chez ce peuple. Merlin s'en empare à l'aide de l'anneau magique que lui remet son père; mais, pour accomplir cette œuvre, il lui faut renoncer à l'amour de Vivianne. Le barde vient à bout de l'entreprise; il ramène sur des navires les rochers enchantés. En approchant de la lande de Carnac, un parfum de fleurs sauvages lui rappelle son amante; il débarque sur le rivage; mais les menhirs, attirés par l'anneau magique, se sont aussi précipités dans la lande de Carnac; ils ont perdu leur éclat, leur puissance; ils resteront éternellement à cette place. Le duz maudit son fils, le condamne à traîner treize de ces pierres à sa suite, et le métamorphose en vieillard, afin de l'empêcher d'être aimé. L'épée Escalibor, *en apprenant la faute de Merlin, s'élance dans l'océan. Les Bretons assurent que cette épée doit être un jour retrouvée par un guerrier sans reproche, qui doit délivrer la Bretagne.*

Merlin, vieillard, s'achemina vers le bois enchanté, où il fut nourri des fruits qui produisent l'extase, et qui donnent le pouvoir de connaître l'avenir. Après avoir déploré ses propres malheurs, Vivianne attirée par l'anneau, ne songe pas à voir le barde dans ce vieillard. Une guêpe passe : Merlin compare son baiser au sien; à ce langage de la passion, Vivianne reconnaît son amant. Merlin hésite un instant; mais, vaincu par l'amour de Vivianne, il forme le vœu terrible d'habiter éternellement la terre. En même temps, il annonce à son amie qu'il va essayer de reconquérir les trésors qu'il a perdus, et lui jure qu'il reviendra la trouver dans la forêt de Broceliande, le jour de la Saint-Jean d'été.

Au quatrième chant, — le Royaume de l'amour, suivant la légende, — Vivianne arrive la première au rendez-vous. Puis, Merlin, jeune et beau comme autrefois, la rejoint; et les deux amants chantent ensemble l'hymne de la Saint-Jean. Cependant les compagnons d'Arthur font chercher le barde; Karneur, l'un d'eux, l'appelle juste au moment où il jurait à Vivianne de ne jamais la quitter; la voix de l'honneur va triompher de l'amour, quand la fée attache son amant au buisson d'aubépine avec son écharpe et sa longue chevelure blonde, lui enlève l'anneau magique, rend Merlin invisible, et descend avec lui dans la tombe fermée par les dolmens. Le duz annonce que l'amour a placé Merlin au rang des dieux terrestres, que lui-même était l'âme d'un druide, et qu'il a vécu trois fois.

Le jour va se lever; les korigans, qui meurent à chaque aurore pour ressusciter chaque nuit, invitent les jeunes filles à venir les remplacer près de la tombe des deux amants, dans la verte forêt de Broceliande.

On trouvera peut-être un peu d'obscurité dans ce récit, composé sur des chants confiés durant des siècles à la seule mémoire de l'ouïe.

Les landes bretonnes ne savent que rougir leurs bruyères, que dorer leurs genêts.

Elles écoutent les échos qui vibrent à l'horizon, comme elles entendent l'airain de leurs cloches, sans demander qui produit les sons, sans regarder d'où viennent les chants.

A l'oiseau qui traverse leur immensité, elles ne disent jamais : — Où vas-tu ?

L'Auteur.

MERLIN

CHANT PREMIER

LA NAISSANCE DE MERLIN

Invocation à l'épée Escalibor. — Apparition des fées bretonnes, ou korigans. — La plus belle des korigans raconte la vie et les exploits de Merlin. — Récit. — La ballade. — Le frère. — Le tournoi. — Le bal. — Le duz vient chercher sa fiancée. — Mort de la jeune fille.

I

L'ÉPÉE ESCALIBOR.

Antiques souvenirs de la grande épopée,
Rappelez à mes chants cette invincible épée
Que le bras de Merlin sur les flots vient brandir,
Quand l'œil de l'étranger commence à s'enhardir !

Nul ne la saisira, la merveilleuse proie.
Ici, plus loin, là-bas, la voilà qui flamboie !
Aux éclairs fulgurants de ce fer enchanté,
Échos des vieux menhirs répondez : — Liberté !
Et toi, Breton d'Armor, vois du haut des falaises,
Dans l'horizon qui fuit vers les rives anglaises,
L'océan brasiller sous le fer éclatant.
Comme le ciel s'entr'ouvre à l'éclair palpitant,
La foudre en veut sortir, elle appelle, elle gronde.
L'épée aussi se dresse et s'élance de l'onde,
Jetant des cris stridents qui frappent comme un dard.

— Aux armes, fiers Bretons ! relevez l'étendard !
Arthur n'est qu'endormi ; le bruit seul des batailles
Rompra ce lourd sommeil. Allons, les Cornouailles !
Kemper, Vannes, Léon, je suis Escalibor.
Prenez l'anneau magique ; à vous le dragon d'or !
Merlin, barde sacré, j'évoque ta grande ombre.

Qu'importe aux clans bretons la valeur et le nombre?
Viens, brise ton sépulcre, et nous te suivrons tous.
Si ton bras nous conduit, l'univers est à nous!
Les voix de la forêt, des eaux, de la tempête,
Se joignent à nos voix. Debout! à notre tête!
C'est l'heure où le hibou jette ses cris dans l'air,
Où l'œil du phare ardent veille seul sur la mer,
Où le lac souterrain abreuve de ses ondes
Des sapins fiers et noirs les racines profondes.
Arthur le Cambrien nous appelle... En avant!
Suivons le vol de l'aigle et le souffle du vent! —

De Merlin l'enchanteur ainsi parle l'épée
A la vague jalouse un instant échappée,
Et le chœur des Bretons s'écrie avec transport:

— Nos pères le disaient, notre Arthur n'est pas mort --

II

LES KORIGANS.

En Armorique encore, après les soirs d'orage,
Lorsque les korigans tendent sur le rivage
La nappe des festins où leur virginité
Vient boire les parfums de l'immortalité,
En élevant la coupe aux perles lumineuses
Qui trouble de la nuit les ombres vaporeuses,
La plus belle a senti, comme une éclosion,
Apparaître soudain la claire vision.
Son front a frissonné, ses cheveux se dénouent ;
Les oiseaux de la nuit autour d'elle se jouent ;

Son souffle s'entrecoupe, et ses yeux agrandis
Ressemblent aux éclairs tombés du paradis.

Écoutez !... l'ouragan va soulever les pages
Du passé reflété dans la vague des plages.
Dans ce miroir troublé vont passer à vos yeux
Les jours anciens, les jours oubliés des aïeux ;
Et la sombre légende et l'épopée antique
Viendront redire ensemble aux muses d'Armorique
Les exploits éclatants de Merlin l'enchanteur.

Déjà, comme on se groupe autour d'un vieux conteur,
Les belles korigans aux formes fugitives
Se suspendent en foule aux grands arbres des rives.

— Que voyez-vous, ma sœur ?
— Un céleste jardin.
J'aperçois, au milieu de ce nouvel Eden,

De verts pommiers en fleurs, dont les chastes corolles,
De nacre et de corail brillantes auréoles,
Font naître des fruits d'or et de pourpre ; au soleil
On les voit resplendir... Plongé dans le sommeil,
Un bel enfant couché dans un berceau de mousse,
Est balancé sans bruit par la main blanche et douce
D'une femme portant la robe aux franges d'or...

Écoutez .. elle chante en berçant son trésor. —

III

BALLADE.

— Sur toi la nuit étend ses voiles ;
Dors, enfant, sous mes yeux amis ;
L'an passé, rêvant aux étoiles,
Ainsi que toi je m'endormis.

Dors, mon enfant ! Sous la ramure,
J'entendis la voix d'un oiseau ;
Et ta mère, alors vierge pure,
Ne balançait pas un berceau.

Dors, mon enfant ! — Fille royale,
Disait la voix de l'enchanteur,
Ainsi qu'une lueur d'opale,
Ta beauté brille en sa candeur !

Les yeux humides de rosée,
L'aube caresse ton réveil ;
Veux-tu devenir l'épousée
Du roi de l'éther, du soleil ?

— Ne parlez pas de mariage,
Car au Très-Haut j'ai fait un vœu. —
On entendait gronder l'orage ;
Hélas ! je suivis l'oiseau bleu.

Dors, mon enfant ! L'inquiétude
Pesait sur mon esprit charmé ;

Et je tombai de lassitude,
A l'ombre d'un frêne embaumé.

Dors, mon enfant ! Je vis en songe
La grotte d'un duz, d'un esprit...
Je tremble encor lorsque j'y songe ;
J'eus froid, et la frayeur me prit.

Sous une voûte en cornaline
Courbée en dais oriental,
Une fontaine cristalline
Chantait comme un appel fatal.

Le sol, dans le velours des mousses,
Avait des aspects rayonnants;
Des fleurs dormaient pâles et douces,
Sous de grands roseaux frissonnants.

Sur moi la grotte s'était close ;
Une tourterelle, en chantant,
S'en vint frapper de son bec rose
Ce nid de cristal éclatant.

Comme autrefois le patriarche,
A l'oiseau j'eus bientôt ouvert...
Hélas! il n'entrait pas dans l'arche
Pour apporter le rameau vert!

Sur ta mère son vol s'arrête ;
Vainement je crie au secours ;
En vain je détourne la tête,
Il trouve mes lèvres toujours.

Hélas! des parfums magnétiques
Sortaient de ces fleurs sans soleil,

Et de leurs cours les eaux magiques
Entouraient déjà mon sommeil.

Puis, que se passa-t-il encore ?...
Non, jamais tu ne le sauras ;
Car mon ange lui-même ignore
Pourquoi je te porte en mes bras.

Dors, mon enfant ! A ce mystère
Je ne songe qu'avec effroi ;
Depuis ce jour, Dieu, notre père,
N'a mis que l'ombre autour de moi.

Ici la jeune mère interrompt sa ballade...
Au-dessus du berceau que son amour défend,
Elle cueille la pomme aux couleurs de grenade,
Qui, présentée à peine aux lèvres de l'enfant,
Beau fruit mystérieux, de lui-même se fend.

IV

LE FRÈRE.

Mais voici qu'un coursier apparait sur la route ;
Il arrive au galop... elle tressaille, écoute !

— Le cheval de mon frère ! Où fuir ? où me cacher ?

— Me voyez-vous enfin, vous, qu'il me faut chercher,
Depuis un an passé, par le vent, par la neige,
Par les rayons brûlants, ô femme sacrilège !
Que vois-je dans vos bras ?

Il brandit un poignard.
La mère est à genoux, tremblante, l'œil hagard.

— Mon frère, pardonnez, je consens à vous suivre ;
Ordonnez, disposez de moi, mais laissez vivre
Cet enfant !... C'est le mien, le fils de l'Oiseau bleu.
Ces bois sont enchantés, il sera presqu'un dieu,
Cet enfant adoré.

— Quoi, ce fruit de la honte !
Vous n'en rougissez pas ? Quoi, votre audace affronte
Mon trop juste courroux ! —

Et, tel qu'un ravisseur,
Sur le coursier fougueux il enlève sa sœur.
Elle se débat, crie, et lui, de sa ceinture,
Sans pitié, fortement l'attache à sa monture.

— Mon enfant! mon enfant!

— Ma sœur, ne criez pas,
Ou je vais le clouer sanglant entre vos bras!
Ne songez plus à lui! grande est mon indulgence
Ainsi d'abandonner votre honneur sans vengeance.
Pas un cri!... Pour un seul, je l'immole à vos yeux.
J'ai dit. Partons! fuyons ce séjour odieux! —

Il resserre les nœuds et l'emporte livide.
On n'entend plus rien, rien que le galop rapide.
Ils passent les vallons, les montagnes, les bourgs.

— Qui portez-vous en croupe?

On voit de grands vautours
Qui la prennent pour morte et volent autour d'elle.

— Cavalier, répondez ! qui portez-vous en selle ?

— C'est ma sœur, une vierge aux yeux couleur des cieux.
Qui nous arrêterait serait audacieux !
Ma dague a soif de sang !

V

TOURNOI ET BAL.

Ils entrent dans la ville.

— Tailleurs bretons, cherchez une robe entre mille;
Cherchez la robe verte aux longues franges d'or;
Parez-en cette femme, et prenez ce trésor.
Ma sœur, vous êtes belle ainsi, comme une reine!
Mais le tournoi commence, avançons dans l'arène.
Chevaliers, qui de vous a parlé de ma sœur?
La voilà, saluez!... Je suis le défenseur

De l'honneur méconnu ; venez, croisons l'épée !
La mienne, sur mon flanc, pendait inoccupée...
Ça, j'attends ! Mais, d'abord, saluez-nous tous deux,
Car je puis regarder hardiment dans vos yeux.
Apprenez qui je suis ; sachez qu'en ma famille
L'honneur est sans éclipse, et que femme ni fille
N'y connaitra l'insulte. —

Aux deux bords du chemin,
Les nobles chevaliers vers lui tendent leur main.

— Quoi ! pas une clameur, pas un bruit ne résonne !
Qui donc avait parlé ? qui l'accusait ?

— Personne.
Honneur à votre sœur ! c'est un rayon du jour.
Heureux qui la prendra pour sa reine d'amour ! —

Chacun, pour rendre hommage à la verte parure,
D'un rameau tendre et frais orne sa vieille armure.

Le bal après les jeux.

— Vous danserez, ma sœur !

— Oui, dit-elle, tremblant d'irriter l'oppresseur.

Les bardes, au milieu des trois cercles magiques,
Ont déjà préludé sur les harpes celtiques.
La nouvelle venue est la reine du bal ;
On la fête, on l'entoure. Hélas ! destin fatal !
Elle rougit, pâlit, puis du geste elle implore
Son implacable frère.

— Allons, dansez encore !

Dit-il en s'approchant.

Son terrible regard
N'est compris que par elle. Il montre le poignard
Qui peut tuer l'enfant.

Enfin, il la replace
Sur le grand cheval noir. Ils dévorent l'espace.

— Grâce, frère ! arrêtez ! —

Toujours le galop fuit.

— Arrêtez ! je me meurs ! On appelle, on nous suit.

— Qui l'oserait ? répond le frère hautain et sombre.
Si quelque chose suit ma course, c'est mon ombre.
Silence, et descendez ! voici notre manoir ;
De votre faute, ici, nul ne doit rien savoir ! —

VI

LE DUZ.

Vers le lieu du sommeil, brisée, elle s'avance,
Comme après la torture. Oh ! la cruelle danse !
Ses femmes l'ont suivie et se disent tout bas :
— Quel est donc son chagrin? Ce beau visage, hélas!
Comme un fruit velouté sous les pleurs étincelle.
Qui peut faire pleurer la noble demoiselle ?
Est-ce un ennui cruel ? Est-ce un chagrin d'amour? —
Chaque fille sourit... — Non, répond à son tour
Une femme écartant la troupe curieuse ;
Ce désespoir n'est pas d'une vierge amoureuse.

Écoutez ce sanglot lamentable, étouffant !...
On dirait une mère à qui manque un enfant !

D'un geste elle a déjà refusé leur service ;
Et, comme un lis candide en son chaste calice,
Seule elle se revêt d'une robe de lin,
Et parle en priant Dieu d'un enfant orphelin.

Le ciel à ses regards s'étendait sans limite.
Comme au temps des amours on voit la marguerite
S'élever lentement de l'humide gazon,
Ainsi dans les lointains du brumeux horizon
Viennent, se dégageant de leurs noctures voiles,
L'une après l'autre poindre et fleurir les étoiles.

Alors un oiseau bleu descend du firmament ;
C'est le duz enchanteur... Un doux frémissement
Saisit la jeune mère.

— Allons, ma fiancée,
J'apporte le sommeil à ton âme lassée.
Viens, prenons notre vol pour le pays des fleurs.
Ma patrie est l'étoile ! Allons, sèche tes pleurs ;
Ne crains plus rien du sort, ton fils est sous ma garde.
De beaux fruits enchantés le nourrissent... regarde !
Je veux, en dévoilant à tes yeux l'avenir,
Effacer de ton cœur tout amer souvenir.
Ton fils sera puissant ; il aura trois royaumes :
Un royaume de fleurs aux multiples aromes,
Un second de fruits d'or, un troisième d'amour.
Et maintenant, suis-moi ! Ferme tes yeux au jour ! —

Sous l'aile de l'oiseau, la belle jeune fille
Tomba, comme la fleur tombe sous la faucille.

La fée ouvrit aussi son aile de satin ;
Car déjà l'alouette annonçait le matin.

CHANT II

LE ROYAUME DES FLEURS ET DE LA GLOIRE

Les korigans prient leur reine de continuer le récit cambrien. — Gloire de Merlin. — Chant des guerriers du Nord. — Défaite des Saxons. — Hymne des vents. — Le duz apparaît et donne rendez-vous à Merlin au cap des Trépassés. — Le cap des Morts. — Les âmes sortent des flots. — Les pierres enchantées. — L'anneau magique. — Départ. — Les menhirs de Carnac. — Malédiction. — La chute de l'épée. — Ce que sont les korigans.

I

RÉCIT CAMBRIEN.

Les jeunes korigans, revenant sur la plage,
Du récit cambrien veulent une autre page.

— Nous écoutons, ma sœur, les exploits de Merlin. —

Et la vierge écarta son long voile de lin.

— C'est l'enfant du grand duz, et celui de la flamme;
C'est le fils d'une vierge ; il porte une grande âme;
Il s'appelle Merlin.

— Chantez, chantez toujours,
Dit le royal Arthur; célébrez ces grands jours.
L'aigle a mangé les yeux de l'ennemi sauvage ;
Un long cri de victoire étonne le rivage.
Lavez le sang des morts, et que mes chevaliers
Reçoivent de leur roi ces superbes colliers.
Merlin, barde sacré, prenez la harpe sainte :
Nous écoutons... Entrez dans la magique enceinte ! —

II

CHANT DE MERLIN.

Trois mille sont tombés près du flot mugissant.
A ta vue, Océan, mon cœur troublé se navre.
La neige de tes bords s'empourpra de leur sang ;
Mais le flot effrayé n'a pas pris un cadavre.

A ces esprits errants, dans les airs répandus,
Je répète les noms qui saignent dans mon âme.
Où sont-ils, les héros que ma douleur réclame ?
Où trouverai-je, hélas ! les fils que j'ai perdus ?

Mes pas font frissonner cette aride bruyère,
Dont l'incarnat brillait au solstice d'été.
Hélas ! mes fils étaient encor jeunes naguère :
Ils ont grandi comme elle avec rapidité.

Je tremble, et d'aucun toit je n'aperçois la flamme ;
Je promène au hasard mes regards éperdus ;
Sur les jeunes tombeaux de nos vieilles tribus,
Je viens chercher les noms qui saignent dans mon âme.

Quel est ce cri perçant jeté dans le lointain ?
C'est peut-être le phoque expirant sur la plage.
Non, c'est le cri strident, le long cri de carnage,
Que jettent dans les airs les compagnons d'Odin.

Honneur et gloire à vous, guerriers ! gloire à vos pères !
Sous le fer du trépas vous n'avez pas frémi.

Buvez, buvez le sang dans le crâne ennemi,
Dragon blanc, dragon rouge, Erwen et tes deux frères!

Dors en paix, Kallior! J'ai sauvé du combat
Ta hache à deux tranchants, ta lourde et bonne épée,
Cette tête de roi que ton bras a coupée,
Ton épouse à l'œil bleu, la noble et belle Husbath.

Qui semble le plus doux à vos esprits de flamme,
Le cliquetis du fer ou le sang qu'il a bu?
Le bardit éclatant ou les baisers de femme?
Parlez, jeunes tombeaux de ma vieille tribu!

Si le dieu des combats exauce ma prière,
Si je retrouve enfin tes restes sans chaleur,
Tu sentiras bientôt, sur ta tombe de pierre,
Le fer de ta victoire et l'amour de ton cœur!

III

DÉFAITE DES SAXONS.

— Laisse aux harpes du Nord leur sauvage harmonie.
Tes chants, dans les forêts de la Calédonie,
Ont prédit maintes fois nos exploits glorieux.
Apprends-nous l'avenir, barde chéri des cieux!

— L'avenir, dit Merlin, c'est toujours la victoire.
Honneur au grand Arthur! Au grand chef Arthur, gloire!
Qu'il ceigne Escalibor, l'épée au rouge éclair,
Dont le nom en hébreu veut dire *tranche-fer ;*

Qu'il ceigne Escalibor! A sa droite, à sa gauche,
Tomberont les Saxons. Qui près de lui chevauche?
Est-ce la pâle mort? Frappe, ô triomphateur!
Frappe encore et sans fin! c'est Merlin l'enchanteur
Qui te dit de frapper. La mort, les funérailles,
Sont superbes toujours sur le champ des batailles.
En avant, fiers barons!... Épée Escalibor,
Faites étinceler les montagnes d'Armor! —

Il regarde la foule, et son geste l'entraîne.
Les chevaux de combat hennissent dans la plaine.

— Un signe est dans le ciel, dit Arthur à Merlin;
Commence l'hymne ardent, montre-nous le chemin! —

Le sang coule à longs flots, le sang coule et ruisselle,
Formant comme un grand lac!

— Merlin, le roi t'appelle ..
As-tu suivi le vol des aiglons dans les airs,
Lorsqu'ils ont emporté les palpitantes chairs
Aux quatre vents du ciel? Là-bas, dans les nuages,
Ils dévorent leur proie au-dessus des orages.
Toi, Merlin, que fais-tu?

Le barde, au fond des bois,
Poursuit comme un chasseur les Saxons aux abois.
Pressant son noir coursier, sur leur trace il s'élance.
Il tient de ses deux mains son épée et sa lance.

— L'avez-vous vu passer?

— Oui! reviens, s'il se peut,
Merlin, barde inspiré! Le grand Arthur te veut. —

Nul écho ne répond; et pourtant, ô surprise!

A côté de Merlin une fée est assise,
Là, dans la forêt verte, au plus profond du bois,
Où la ronce à l'ormeau s'attache mille fois.
C'est elle, Vivianne!... Au bord d'une fontaine,
Où blanchit l'aubépine, où tremble la verveine,
Merlin et Vivianne entremêlent un chant,
Que le grand peuplier écoute en se penchant.

IV

CHANT DE VIVIANNE ET DE MERLIN.

Vivianne.

— Descendez à ma voix, sombre aquilon, tempête!
Frémissez dans mon luth et soufflez sur ma tête,
Froids autans! Vents de mer, brise, Eurus, accourez!
Zéphyrs, souffles d'amour, arrivez, enivrez!
Légers comme la flèche, ardents comme la flamme,
Emportez sur votre aile et mes chants et mon âme!
Ouragan, prête-moi tes transports, tes fureurs!
Brise, dors sur les flots et caresse les fleurs!

Merlin.

Quand le sinistre oiseau de proie,
En tournoyant, frémit dans l'air ;
Quand le chien du berger aboie,
Par une sombre nuit d'hiver,
Aux cris aigus de ces rafales,
Sifflant comme un serpent dans la tour du manoir ;
Lorsque la jeune femme et l'étoile du soir
Se voilent, tremblantes et pâles,
Sous les ténèbres du ciel noir ;
Lorsque tout craque et se déchire,
Quand la forêt vole en débris,
Quand au nid la colombe expire,
Quand la louve jette des cris,
Le vent effeuille, entraîne
Arbres et vie humaine,

Sable, fleurs, papillons ;
Tout vole en tourbillons,
L'oiseau, la forêt sombre,
Et les torrents et l'ombre ;
Vaisseaux, mâts, pavillons,
Tout craque et se déroule,
Et s'agite et s'écroule
Sous l'aile qui les foule
En les multipliant.
Les débris vont criant :
— Maudit le vent perfide
De la tempête avide !
Maudit le souffle aride,
Le simoun d'Orient !

Vivianne.

O brise de l'aurore,
Sur les fleurs, viens éclore,

Soupire sur les eaux,
Entr'ouvre la corolle,
Soutiens l'oiseau qui vole,
Flotte sur les coteaux;
Pendant la nuit sereine,
Embaume ton haleine
Aux parfums d'Orient :
Aloès, encens, baumes,
Sur ces brûlants aromes
Tu passes en riant!
A la rive bretonne,
Quelques heures après,
Ton aile, en passant, donne
Ces parfums doux et frais.
Quelquefois je t'écoute
Avec ravissement
Distiller goutte à goutte
Les pleurs du firmament,

Ou glisser sur la rose
Dont pâlit le satin,
Quand l'Aurore l'arrose
Des larmes du matin.
Tu berces l'essaim des abeilles
Au calice des fleurs d'été;
Des beaux fruits aux couleurs vermeilles
Tu caresses le velouté;
Ta voix plus sonore frissonne
Sur les champs de blés jaunissants,
Et revient, dans les soirs d'automne,
Pleurer sous les bois frémissants;
Chère et puissante mélodie
Qui se répand dans notre cœur,
Et comme un ange remédie
A la plus cuisante douleur;
Car l'inépuisable nature
A nos vœux n'a jamais livré

D'essence plus douce et plus pure,
Brise, que ton souffle éthéré !

Merlin.

Emporte dans ton vol l'esquif et le navire ;
Accours, entre en fureur, sombre ouragan des mers ;
Combats les éléments, déchaîne ton délire,
Et soulève à longs flots le sable des déserts.
Je déteste et maudis ta fatale puissance,
Je frémis à ta voix, et cependant mon cœur
A senti le besoin irrésistible, immense,
De livrer sa pensée à toute ton horreur.
Je sens un charme qui m'arrête
Sur les bords du fleuve agité ;
Au souffle ardent de la tempête,
L'âme s'ouvre avec volupté.
Flamme flottant dans l'air ou sur la vague nue,
Haleine du soleil ou soupir de la nue,

Rendez à mes regrets, rendez à mes transports
Ces premiers mots donnés, cette langue inconnue
Que de l'Eden vermeil ont emporté les morts !
Que disent les oiseaux perdus dans les nuages ?
Que disent les échos répondant aux orages ?
Que dit la branche d'arbre, et chaque flot des mers
S'échappant de son lit comme de blanches pages
Qui s'effeuillent au loin sous les souffles amers ?
Tu ne me réponds pas ! Sans figure, sans trace,
Tu sembles te hâter vers un gouffre béant.
Esprit que nous sentons, ébranle, entraine, efface !
Ton mouvement sans but me parait, dans l'espace,
Une chose incréée échappée au néant.

— Merlin ! crie une voix ; prends cet anneau magique,
Et puis, au cap des Morts, au grand cap d'Amorique,
Va m'attendre !

— Merlin, que vous dit ce vautour ?
A murmuré la fée; et, tremblant à son tour,
Le barde lui répond :

— C'est le duz, c'est mon père !
Ah ! Vivianne, adieu ! quand on aime, on espère.
Je reviendrai bientôt, mais il faut obéir. —

Il part, et le frisson est moins prompt à courir.

. . . .

V

LE CAP DES MORTS.

Voici le cap des Morts; tempêtes et ténèbres!
Mêlés au noir varech de ces rives funèbres,
On croit apercevoir des ossements humains,
Des restes d'animaux, épars sur les chemins.
On dirait un désert hanté par les hyènes;
Tout est broyé. Plus loin, des vergues, des carènes.
Des poissons monstrueux sur le sable échoués,
Coquilles sous l'écume, ou câbles dénoués.
Dans l'air, on entrevoit une sauvage forme
Qui fait plus d'ombre encor : c'est le vautour énorme,

Dont l'aile dépouillée a d'immenses tuyaux
Où vient hurler le vent, cet effroi des vaisseaux ;
Aile qui bat la vague et nargue la tempête.

— Corps perdus dans l'abime, allons, levez la tête!
Sortez, âme vivante ! âme, sortez des flots ! —

Merlin vient d'arriver; il recule à ces mots.

— Approche ! dit le duz. Vois-tu ces pâles flammes?
Dès le commencement, Dieu, le grand semeur d'âmes,
En remplit l'univers, et leurs germes féconds
Peuplent les airs, la terre et les gouffres profonds.
Chaque semence y dort; mais, quand l'heure est venue,
L'enfant brise le sein, l'éclair sort de la nue,
L'arbre du sol ouvert ; telle qu'un papillon,
L'âme aussi perce l'ombre et fleurit, pur rayon.
Pour l'éternel semeur la terre est toujours neuve ;

Chaque printemps renaît. Trois fois tu fis l'épreuve
De la vie ; à présent tu remontes vers Dieu,
Et tu dois être pur !... Merlin, sors du milieu
Où te berce l'amour ! Une indigne liane
Te rattache à la terre ; éloigne Vivianne !
Tel est l'ordre du ciel. Des destins de ton roi
Tu vas être chargé. Mon fils, prépare-toi
Aux voyages lointains. Sur la terre d'Irlande,
Sont venus des rochers d'Asie ; Arthur commande
D'apporter ces menhirs dans les plaines d'Armor.
C'est le conseil secret de l'évêque Tramor.
Ces pierres d'Orient, par le soleil chauffées,
Sont de grands talismans ; ce sont des pierres fées,
Splendides à la vue, amantes du soleil,
Et peut-être ayant eu jadis du sang vermeil.
Qu'il soit granit, silex, grès des monts ou des plaines,
Tout roc porte en son sein de la flamme et des veines.
Un jour, il fut un Dieu qui mourut sur la croix :

Nul cri ne s'échappa de l'insensible bois ;
Le cœur du peuple juif n'eut pas une prière ;
Mais l'horreur du forfait fit éclater la pierre.
Va, mon fils ! obéis ! —

Et le barde, à ces mots,
Rassemble en un clin d'œil barques et matelots,
Tend ses voiles au vent, dompte la mer sauvage,
Et, malgré les récifs, aborde le rivage.
Ses hardis compagnons s'élancent sur ses pas,
Armés de pics, de pieux, de cordes; mais hélas!
Les monstrueux granits, fiers géants sur leur base,
Se raillent des mortels, que leur aspect écrase.

— Quoi, de nous entrainer il vous prendrait l'orgueil!
Allez au sein des mers déraciner l'écueil;
Éteignez le soleil pour rallumer l'aurore ;
Commandez à la foudre, aux vents, au météore;

Nous, pendant ce temps-là, nous resterons ici,
Regardant vos efforts, sans en avoir souci.
L'homme seul, dites-vous, peut croître, penser, vivre !
Depuis quand vivez-vous ? Vraiment l'orgueil enivre.
Nous avez-vous connus au jour du paradis,
Pour nous dire à présent : — Vous n'êtes pas grandis?
Nous sommes vos aînés, les plus forts, les plus sages.
Naissez, croissez, mourez, essayeurs d'héritages ;
Marchez les yeux bandés et les mains en avant ;
Vous mourrez sans savoir les retraites du vent,
La cause de la flamme et le poids de la terre.
La vie est pour l'esprit un éternel mystère.
Soit qu'il creuse la tombe ou bien le firmament,
De l'énigme terrible il sent l'écrasement. —

Mais le barde, aux clartés de l'escarboucle ardente,
Fait de ces lourds géants taire la voix mordante.
Du globe où nous naissons les pierres sont les os ;

Elles sont comme nous de sensibles réseaux ;
Le feu sort de leur sein, dès que le fer y touche ;
On en dirait le sang. Le roc, l'écueil farouche,
Pour la vague amoureuse aux reflets argentés
Adoucissent leur angle et leurs aspérités.
La pierre c'est l'aimant ; elle chante à l'aurore ;
Le froid la fait crier, et, le dirai-je encore ?
C'est ton squelette, ô globe !

Au doigt de l'enchanteur
A brillé l'escarboucle ; éclat inspirateur,
Elle allume en ces blocs les lueurs éclipsées ;
Car le charme est rompu : les masses renversées
Ont salué l'anneau.

Jadis, près de Bethel,
Pour annoncer la pâque aux tribus d'Israël,
La flamme interprétant alors la voix divine,

Les feux se répétaient de colline en colline.
Ainsi, vers son sommet, brille chaque rocher.
Observez dans quel ordre il faut les détacher!
Et du cercle géant, l'escarboucle magique
Leur désigne le chef, montagne emblématique
Portant quatre couleurs: pour la terre, le noir;
Le rouge, pour le sang; la jeunesse et l'espoir,
Dans cette mosaïque ont la nuance aurore;
Le blanc peint l'Esprit pur, l'être que l'homme implore.

Et le barde inspiré dit:

— J'ai vécu trois fois!
Hôte mystérieux des déserts et des bois,
J'ai foulé les plateaux de ces hautes montagnes;
Mon œil les reconnait, car, dans les deux Bretagnes,
Il n'est pas un menhir qui leur soit comparé.
Les voilà; je retrouve, en son reflet cuivré,

L'agate arborescente ou la tige de l'arbre;
Les feuilles et les fleurs, pour vivre, se font marbre;
L'hyacinthe, le jaspe, auprès du corail vif,
L'aigue-marine, éclair couleur de cèdre ou d'if,
Le porphyre sanguin, et la laiteuse opale,
Le lapis-lazuli, la perle orientale,
Cornaline, saphir, chrysolithe, rubis,
Turquoise, aventurine aux ardents coloris,
Malachite, ligure, émeraude brûlée,
Améthyste semblable aux fleurs de giroflée,
Grenat, sardoine, enfin ce rival éclatant,
Le diamant qui hait l'escarboucle, et pourtant
Cède devant ses feux. L'escarboucle est divine:
Dieu la porte sur lui. --

Chaque vaisseau s'incline
Sous ces riches trésors, puis se remet à flot.
Les pierres ont rempli jusqu'au moindre canot ;

Et le vieil Océan prend la flotte docile
Pour des chameaux nombreux qui vont boire à la file.
Dans les airs, le grand duz, triomphant, pousse un cri.

Des vents, huit jours après, la flotte est à l'abri.

VI

LES ROCHERS DE CARNAC.

Quand, du bourg de Carnac, on aperçoit la lande,
Je ne sais quel parfum de menthe et de lavande
Rappelle Vivianne.

— Amis, arrêtons-nous
Un instant, dit Merlin. Les vents, en leur courroux,
Nous ont vus fuir... fêtons notre heureuse entreprise,
Jetons l'ancre un moment.

Il débarque... O surprise!
Les rochers l'ont suivi. Redevenus granit,
Ils tombent sur le sol comme les œufs du nid.
Adieu l'éclosion !
— Quel est ce sortilège ? —

L'oiseau, qui le suivait, lui répond :
— Sacrilège! —

L'anneau pâlit; les rocs épouvantent le sol.
Le duz dit à Merlin, sans arrêter son vol:

— Ton père te maudit. Ces pierres, attendues
Par Tramor, par Arthur, sont à jamais perdues.
Avec ta gloire, hélas! leur éclat s'est éteint,
Et ton sort éternel en est lui-même atteint.
Ces menhirs, de Carnac, vont habiter la plaine ;
Treize suivront tes pas. Comme un chasseur en peine,

Comme un chasseur maudit durant l'éternité
Entend un hurlement de meute à son côté,
Tu les tiendras en laisse. Enfin, je te condamne
A paraitre vieillard aux yeux de Vivianne.
Aux yeux de tout mortel dépouille ton printemps,
Et cherche à te sauver, s'il en est encor temps. —

Il dit. Merlin s'éloigne avec l'anneau magique.

VII

LA CHUTE DE L'ÉPÉE.

On attendait le barde aux rives d'Armorique.
Voici que tout à coup l'épée au rouge éclair,
Du ceinturon d'Arthur s'élance dans la mer.

— Aux armes ! trahison ! au secours, mes fidèles ! —

Tous les glaives levés croisent leurs étincelles.

— L'épée Escalibor, d'un mouvement subit,
M'a quitté ! —

Sur les flots, le fer se dresse et dit :

— Dans l'abime, ô mon roi, Merlin m'a fait descendre.
Honneur, gloire à celui qui viendra m'y reprendre !
Garde-nous ce dépôt, Océan, jusqu'au jour
Où viendra l'y chercher un guerrier sans amour. —

Les pâles korigans ressemblaient, sous leurs voiles,
Aux nuages lactés où dorment les étoiles.

— Avez-vous vu, mes sœurs, du côté de la mer ?
Je crois qu'Escalibor nous a montré son fer.
Lorsqu'un guerrier breton saisira cette lame,
Le corps du grand Arthur retrouvera son âme...
Nos cercueils sont tout prêts : sœurs, voici le matin!

Tel est des korigans l'implacable destin :
Expirer chaque jour. Ce sont des druidesses
De l'ile de Bretagne, ou de jeunes princesses,
Mortes sans avoir fait ce que Dieu prescrivit.

Au coucher du soleil la korigan revit.

CHANT III

LE ROYAUME DES FRUITS D'OR

Suite de l'enchantement de Merlin. — Le bois sacré. — L'extase. — Vivianne; sa chanson. — Plaintes de Merlin. — Une voix dans les airs. — Vivianne reconnaît Merlin. — Amour. — Adieu des amants.

I

LA KORIGAN.

La lune s'est levée, et l'essaim diaphane
Demande si Merlin retrouva Vivianne.
Sans répondre, la fée a souri doucement,
Et trace le portrait du malheureux amant.

— C'était un vieillard chauve, à longue barbe blanche,
Tombant à grands flocons semblable à l'avalanche
Qui roule sur le roc. Il parlait en chemin;
Et lorsque sur son front il passait une main,
Entre ses doigts osseux on eût dit qu'une larme
Parfois se faisait jour. Sur un vieux tronçon d'arme
L'autre main s'appuyait; et, sortant des halliers,
Les pierres le suivaient en hôtes familiers.
A son terrible aspect tremblaient les jeunes filles,
Comme au souffle du vent frissonnent les charmilles.
Le vieillard un instant s'arrêtait pour les voir,
Et sa voix répétait, pleine de désespoir:

— Jadis, dans les palais, on m'appelait le Sage;
Moi seul étais chargé de tout royal message;
Mon bras, dans les combats, défiait les plus forts;
Je pleure maintenant... Les chefs bretons sont morts!

Quand l'ennemi vaincu repassait la frontière,
Quand le sol était libre et la Bretagne fière,
J'allais redire aux champs les messages des cours;
Et le peuple disait: — « Merlin, chante toujours !
Chante, barde inspiré, raconte notre histoire !
Les compagnons d'Arthur, à tẹs récits de gloire,
Palpitent dans leur tombe ; il semble que leurs cœurs
Viennent brûler le nôtre au nom seul des vainqueurs. »

C'est ainsi que disaient les peuples d'Armorique,
Lorsqu'aux vallons déserts la vierge fatidique,
Dans le secrets des nuits, donnait à mon sommeil
Les songes que ma voix rappelait au réveil.
Les hommes d'à présent me nomment le Sauvage.
Jadis, quand tout mortel semblait me rendre hommage,
Les arbres à mes chants laissaient tomber leurs fleurs,
Et livraient les parfums de la rosée en pleurs.
Retournons dans ces bois, séjour de mon enfance,

Où de voir l'avenir je reçus la puissance.
L'arbre, qui sut jadis protéger l'orphelin,
Va peut-être guérir les maux du vieux Merlin ! —

A ce nom redouté, dans toute la campagne
Passe comme un frisson.

— La terreur m'accompagne,
Comme autrefois, dit-il, et mes enchantements
Vont reprendre leur cours. Mais des pressentiments
M'assiègent malgré moi, car la horde saxonne
A dû passer ici les derniers mois d'automne.
Je ne reconnais plus les champs ni les sentiers.
Où sont les prés bordés d'aulnes et d'églantiers ?
Senteurs, bruissements, réveillez ma mémoire !
Où retrouver leur ombre ? où donc la forêt noire ?

Hélas ! ces troncs gisants et ce sol dévasté

Que va fouler Merlin, c'est le bois enchanté. —
Il est pris d'un frisson ; on eût dit que la neige
Autour de lui fondait.

— Horreur et sacrilège !
Bois sacré, sanctuaire où les secrets divins
Se transmettaient intacts des astres aux devins,
Qui vous a renversés ? Comment le loup sauvage
Entre vos saints débris trouve-t-il seul passage ?
Pauvres arbres sans vie ! à peine un rameau vert
Pousse de vos troncs morts ; c'est le cercueil couvert
De virginales fleurs, quand la jeunesse y tombe ;
C'est un soupir d'amour au delà de la tombe,
Que ce bouquet vert pâle et si cher au vieux tronc ;
De la couronne d'or c'est encore un fleuron
Qui reste au roi déchu. Quand vient l'heure dernière,
Quand le corps des mortels se couche dans la bière,
L'âme vole bien loin du sol, et va trouver

Ce Dieu qu'en son exil elle avait su rêver.
Mais, quand l'arbre est tombé comme tombe la foudre,
L'esprit qui l'animait, au lieu de se dissoudre,
S'infiltre et se répand, cherchant à réunir
Racines, embryons ou germes à venir.
Laissant le tronc brisé rendre au vieillard, dans l'âtre,
Les rayons qui flottaient sur sa cime folâtre,
Quand ses rameaux bercés aux brises du matin,
Eveillaient la fauvette et son hymne argentin.
L'esprit des végétaux palpite, embaume et brûle ;
Il féconde une tige, et la sève y circule.
Que va-t-il dont créer ? Devant son chevalet,
Tel un artiste rêve. Arbre géant, œillet,
Mousse, lichen, fruits mûrs, doux aromate ou baume,
Roses couleur de l'aube, épi, tige de chaume,
Que va-t-il mettre au jour ? Les purs esprits des eaux
Font des champs merveilleux, des grottes de coraux,
Animent les lotus, dont les feuilles de flammes

Répandent leur parfum lumineux sur les lames.
Toi, fier esprit breton, sur l'arbre vénéré,
Prends ton vol et bien haut suspends le gui sacré ;
Qu'entre le ciel et nous croisse la frêle plante. —

Et le barde s'arrête et d'une voix plus lente :

— O mon verger divin, dont les fruits enchantés
Enivraient tous mes sens de saintes volutés,
Que disent tes échos ? Rien, plus rien !... C'est à peine
Si l'arome léger de la pâle verveine,
Des trèfles, des genêts, des bruyères en fleurs,
Monte dans le brouillard aux épaisses vapeurs.
O terre où je naquis, entends ma voix, regarde !
Laisse-moi te baiser, moi ton enfant, ton barde,
Qui jadis croyais voir, à l'heure du réveil,
La terre fiancée à son divin soleil,
Quand, aux feuilles d'avril nouvellement écloses

Se mêlaient par milliers des bouquets blancs et roses,
Cette fleur du pommier qui s'entr'ouvre et qui luit,
Comme la blanche étoile aux voûtes de la nuit,
Ou comme les oiseaux qui s'en vont en silence
Chercher l'arbre discret où leur nid se balance.
Et quand naissaient les fruits, quand des parfums légers
Embaumaient leur duvet, ces reines des vergers,
Ces belles pommes d'or m'attiraient par leurs charmes;
L'aube encore y jetait ses rayons et ses larmes,
Quand j'y venais cueillir et mordre le fruit mûr.

Mais dès qu'on a goûté ce jus divin et pur
Qui brille sur la lèvre en gouttes de topaze,
Quand s'ouvre devant vous l'horizon de l'extase,
Les sens sont engourdis dans un sommeil lassé,
Et le souffle vital, de toutes parts pressé,
Au front se réfugie; une intense lumière,
Aveuglante, inconnue, inonde la paupière;

Tout change autour de nous ; vers un monde nouveau,
Nous nous sentons poussés, croyant notre cerveau
Par les astres brûlants attiré dans l'espace ;
Puis, le vertige vient... nous crions... tout s'efface.
Brisés, nous retombons de ces sommets perdus,
Et le sommeil reprend nos esprits détendus.
O sol qui possédas mes uniques tendresses,
Rends-moi, rends-moi l'extase et toutes ses ivresses ! —

A peine a-t-il parlé, qu'au fond de la forêt,
Comme tombe un rayon, Vivianne apparaît.

II

CHANSON DE VIVIANNE.

— Je suis la brise folle
Qui chante, court et vole
En légers tourbillons,
Qui soupire et s'élève,
Effeuillant sur la grève
La rose des vallons ;
Je suis le flot qui passe
Et joue à la surface
De ce lac argenté,
La mobile couronne

Du printemps, de l'automne ;
Fruit d'hiver, fleur d'été. —

Ainsi passe en chantant la blanche Vivianne,
Butinant tout le jour dans les buissons en fleurs ;
Elle regarde, fuit, et sa main diaphane
Vient voiler de ses yeux les sourires moqueurs.
Elle cueille en passant les célestes pervenches,
Sur les gazons couvrant les deux bords du sentier,
Les genêts orangés, les campanules blanches,
Et suit le papillon qui fuit sur l'églantier.

Mais chut! entendez-vous ce bruit de feuille ou d'aile ?
Elle tressaille, écoute et regarde autour d'elle.
Un rien vient la distraire, un rien l'épouvanter.
Elle rit...

— Ah ! c'était le nid d'une hirondelle.

Jamais, rapide oiseau, je ne t'entends chanter.
Toi, mon beau lévrier, tu m'avais donc suivie ?
Viens, ami toujours prêt à me porter secours. —

En effeuillant les fleurs, elle marche ravie.

— Le beau vert ! On dirait un tapis de velours.
Allons dans la bruyère, au bois, sur la montagne,
Puis revenons encor chercher dans la campagne
Le papillon d'azur, la fleur, le fruit vermeil.
Qui ne serait heureux quand luit ce beau soleil ? —

En suivant du regard cette forme mobile,
Ses grands yeux expressifs et ce beau front rêvant,
On songe quelquefois à cette mer tranquille
Qui n'attend pour pleurer que le souffle du vent.

— Je suis la brise folle

Qui flotte, court et vole
En légers tourbillons,
Qui soupire et s'élève,
Effeuillant sur la grève
La rose des vallons ;
Je suis le flot qui passe
Et joue à la surface
De ce lac argenté,
La mobile couronne
Du printemps, de l'automne ;
Fruit d'hiver, fleur d'été. —

III

PLAINTES DE MERLIN.

Merlin.

Va-t-elle donc passer ? Quoi ! sans me reconnaître !
Que lui fait ce vieillard qui tremblant va paraître,
Suivi par des menhirs énormes, monstrueux,
Par les rochers cruels des antres ténébreux ?
Entre l'amour et moi pour dresser une pierre,
Duz, attends que la mort m'ait couché dans la bière.
Par les justes destins je me sais opprimé ;
Mais peut-on ici-bas vivre sans être aimé ?

Une voix dans les airs.

Vois la mousse couvrant de son épaisse touffe
Et de ses verts réseaux cet arbre jeune encor.
La plante parasite y grandit et l'étouffe;
L'aigle même en son vol sent faiblir son essor.

Sur la neige d'un lis la chenille est éclose;
On voit naître la ride au front de la beauté,
Le nuage au ciel pur, la pâleur sur la rose,
Les ombres sur le jour, l'automne après l'été.

C'est la loi du destin : tout meurt et tout s'efface;
Et l'oubli sur l'amour doit naître, avant l'adieu,
Avec le même orgueil, avec la même audace,
Que la cendre vient naître et croître sur le feu.

Merlin.

n'est plus de printemps! chaque rose est flétrie.
Terre natale, adieu! cherchons d'autres séjours;
Ma lèvre ne retrouve, au sol de la patrie,
Personne à qui donner le baiser des amours.

Egarée au désert, la colombe plaintive
Prolonge ses accents dans les échos du soir;
Mais le froid de la nuit chasse sur l'autre rive
Cet oiseau passager qui se nomme l'espoir.

Triste existence, où sont tes charmes?
Plus de soleil, plus de printemps!
Si vous pleurez toutes mes larmes,
Nuages, vous pleuvrez longtemps!

Un rayon, puis un autre, ont pâli dans mon âme ;
Je vois autour de moi comme un affreux chaos ;
Mes yeux cherchent le port, ma main cherche la rame ;
Le frisson de la mort trouble les grandes eaux.

On dirait que j'ai peur... ces rives sont énormes ;
Il passe dans les airs d'insaisissables formes.
Terre, sois mon refuge; oh! de grâce, entends-moi !
Je tombe et n'en puis plus... Terre, terre, ouvre-toi !

Tout saigne dans mon cœur ; en toi seule j'espère...
A ton ardent soleil laisse clore mes yeux ;
Donne-moi le repos, si le sein d'une mère
S'ouvre toujours au cri d'un enfant malheureux.

— C'est la voix de Merlin, se dit la blanche fée.
Elle écoute et retient une plainte étouffée.

Merlin.

Plus de soleil, plus de printemps,
Triste existence, où sont tes charmes ?
Si vous pleurez toutes mes larmes,
Nuages, vous pleuvrez longtemps.

La mort m'a repoussé sur le champ des batailles ;
Je cherche le repos au pied du buisson vert ;
Dans les brises j'entends des chants de funérailles,
Et mon cœur vide et morne est un sombre désert.

Le ruisseau qui s'enfuit ou l'oiseau qui s'envole,
Le parfum de la fleur, le rayon du ciel pur,

La douceur de ta voix, une tendre parole,
C'est le soleil dorant le marbre froid et dur.

Ce que je sens, vois-tu, c'est une angoisse lente,
C'est un ennui profond, un besoin de souffrir,
De rappeler des jours où mon cœur s'ensanglante
Dans le dédale obscur d'un poignant souvenir.

Tout me devient chagrin, crainte, dégoût, tristesse;
A tout bruit du dehors je sens un vague effroi;
Ton regard, ton sourire, ou m'irrite ou me blesse;
Ta vue est elle-même un supplice pour moi.

Tout s'altère à mes yeux et tout me désenchante.
L'abeille près de moi devient guêpe méchante...

La vois-tu, sur les fleurs aux nuances du ciel?
Elle en extrait pour moi les poisons et le fiel.

Triste existence, où sont tes charmes?
Plus de soleil, plus de printemps!
Si vous pleurez toutes mes larmes,
Nuages, vous pleuvrez longtemps.

IV

ADIEUX DE MERLIN ET DE VIVIANNE.

Merlin.

Avez-vous souhaité d'être, pour un instant,
Cet insecte de gaze, à la frêle envergure,
Qui bourdonne et frissonne en son vol palpitant,
Et dont l'âpre baiser, irritante brûlure,
Sait creuser une tombe, où l'insecte éclatant
Abandonne sa vie au sein d'une blessure?

— Merlin! dit Vivianne; et, folle de transport,
Elle arrive éperdue en s'écriant plus fort :

— Merlin !

— Ce n'est plus moi ! répond une voix sombre.

— Quoi ! tu ne m'aimes plus ? Ce n'est là que ton ombre ?
Merlin, creuse un abîme, et dans sa profondeur,
Comme la guêpe morte, enfouis notre cœur !

Merlin.

Je vous prends à témoin, cieux et terre féconde,
Que pour un tel amour je veux rester au monde !
Je veux vivre ici-bas, vivre éternellement.
Vivianne adorée, oui, c'est moi, ton amant !
Je suis le grand Merlin, tu m'as rendu mon âme.
L'étincelle y renaît ; elle attendait ta flamme.
Je pliais sous le joug, je me relève roi.
Printemps, bonheur, beaux jours, tout revient avec toi !

Mais il me faut te fuir, car mon honneur l'exige.
Ne crains rien! mon anneau conserve son prestige.
Avant peu l'on verra trembler mes ennemis.
D'innombrables trésors m'avaient été commis,
Je veux les retrouver, j'en atteste ma gloire.
Adieu! de notre amour conserve la mémoire;
Et, vainqueur glorieux du sort qu'on m'a jeté,
Ici tu me verras à la Saint-Jean d'été.

CHANT IV

LE ROYAUME DE L'AMOUR

L'attente dans la forêt de Broceliande. — L'hymne à la Saint-Jean. — Vivianne prie Merlin de lui apprendre des enchantements. — Appel de Karneur. — Vivianne enchaîne Merlin et lui enlève l'anneau magique. — Les menhirs emprisonnent Merlin. — Le duz confirme l'enchantement. — Rêve de Merlin dans la forêt. — Réveil. — Le duz était un druide; il meurt pour la troisième fois. — Le jour se lève. — Les korigans invitent les jeunes filles à venir les remplacer au tombeau des deux amants.

I

CHANT DE VIVIANNE.

L'esclave ne connait que le bout de la chaîne.
Comme lui je reviens toujours à la fontaine,
Où je reçus au front votre premier baiser.
Étrange impression, comment l'analyser?

Ce baiser, tout d'abord, ne troubla point mon âme,
Car mon printemps en fleurs ne sentit pas sa flamme ;
Mais j'y pensai sitôt que vous fûtes parti ;
C'est par le souvenir que je l'ai ressenti.
Il pénétra mon cœur ainsi qu'un fer de lance,
Triplement avivé par le temps, la distance,
Et mes jours anxieux. Dans ces jours effeuillés
Loin de vous, ô Merlin, les échos, réveillés
Par votre nom chéri, bien souvent m'ont fait croire
Que vous me répondiez .. Mais j'avais la mémoire,
Qui, mieux que les échos, et bien mieux qu'un portrait,
Vous reproduit en moi, vivant et trait pour trait!
A la Saint-Jean d'été l'ombre de ce bocage
Entendra de nouveau notre amoureux langage...
Que font les jours, les nuits ? Que fait donc le soleil,
Qu'il semble si tardif à l'horizon vermeil ?
Comme le temps est long, sans vous ! comme il se traine!
Quand verrai-je le gland éclore sur le chêne ?

Jamais aile d'oiseau tenant le nid couvert
N'a plus veillé sur l'œuf que moi sur ce fruit vert ! —

Et chaque soir, la fée, au bord de la fontaine,
Vient couronner son front de feuilles de verveine.
Enfin le jour paraît ! Merlin, jeune et vainqueur,
Va retrouver sa gloire et sa vie et son cœur.
Vivianne, à sa voix, dans les buissons s'élance.

— Plus de départ ! jamais d'abandon ! plus d'absence !
Promets-moi, jure ici de ne plus me quitter !

Il sourit... Et l'écho les écouta chanter.

II

HYMNE DE LA SAINT-JEAN.

C'est la Saint-Jean d'été, la fête de la flamme,
Qu'on voit flotter dans l'air en joyeux oriflamme.
Que l'ardeur de tes feux, belle Saint-Jean d'été,
Donne aux jours la chaleur, prête aux nuits la clarté !

A la Saint-Jean d'été, les collines joyeuses
Allument dans la nuit des flammes amoureuses ;
Et la fleur qu'on y jette en sa virginité,

Tu la fais refleurir, belle Saint-Jean d'été.

O la Saint-Jean d'été, la vie et l'abondance,
La richesse de Dieu, prodigue exubérance,
Belle Saint-Jean d'été ! feuilles, broussailles, fleurs,
Herbes folles, taillis ! Enivrés de lueurs,
Au murmure odorant des brises bocagères,
Nous cherchons des grands bois les étranges mystères ;
Nous nous assimilons tous leurs frémissements,
Et livrons notre rêve à ses enchantements !

C'est la Saint-Jean d'été, la fête de la flamme,
Qu'on voit flotter dans l'air en joyeux oriflamme.
Que l'ardeur de tes feux, belle Saint-Jean d'été,
Donne aux jours la chaleur, prête aux nuits la clarté !

Puis, nous nous demandons si la sève des plantes
Monte de notre cœur en effluves ardentes ;

Si, par ces végétaux, nous sentons, nous aimons,
Ou par nos vœux secrets si nous les animons.
Que nous importe! aimons! que nos cœurs s'abandonnent
A ces chauds horizons qui tremblent et rayonnent,
A tout ce qu'on entend chanter ou murmurer,
A qui produit l'extase, ou qui la fait durer;
Plus recueillis alors, aimons par le silence!

III

MÉTAMORPHOSE DES DEUX AMANTS.

Vivianne.

Oui, dussiez-vous, ami, m'accuser d'inconstance,
Et comparer mon âme aux vagues de la mer,
Je vous aimerais moins, si vous veniez l'hiver.
Non, ne me croyez pas... Hélas! faut-il vous dire
Tant de mots pour un seul... Tâchez donc de le lire.
La femme, ô mon ami, n'a que ce mot au cœur.
Comme la rose plaît par la même couleur,
Et les brises des nuits par la même caresse,
C'est pour le répéter, qu'elle parle sans cesse.

Cueillez-le donc vous-même à mes lèvres en feu !
Il y vit seul, unique ! Oh ! songez donc un peu,
Si le printemps splendide et la nuit sous son voile
N'avaient, l'un qu'une fleur, et l'autre qu'une étoile,
Cet astre, cette fleur, que serait-ce pour nous !
C'est là ce que je veux ; l'amour devient jaloux,
En grandissant... Merlin, je crains votre inconstance ;
Et, faut-il l'avouer, c'est de votre puissance
Que viennent mes tourments... Quelle femme jamais
Vous verra d'un œil froid ? Vieillard, je vous aimais ;
Je me sentais heureuse avec votre tendresse.
Que font à notre amour la beauté, la jeunesse ?
Merlin, apprenez-moi tous vos enchantements ;
Je vous rendrai le plus éthéré des amants.
Dans les flots, les rayons, dans la brise qui passe,
Vous serez invisible et remplirez l'espace ;
L'univers, sans vous voir, sentira votre feu ;
Que dis-je ? Mon amour allait vous créer dieu !

Merlin.

Oui, tu m'as créé dieu! Mon anneau symbolique
Lui-même est moins puissant que ton amour magique.
L'anneau rend invisible, et moi je veux te voir,
Vivianne, ma fée et mon unique espoir.
Comme on voit sur les fleurs les brillantes abeilles,
Je veux voir les rayons sur tes lèvres vermeilles.
Dis, ne les sens-tu pas scintiller ardemment,
Toi qui dans ma pensée a mis l'embrasement ?
Mais qu'est ceci? des voix passent dans les broussailles..

— Merlin! Merlin, parais! Après les funérailles
De nos grands chefs bretons, les destins ont parlé.
Un dragon rouge, un blanc, tour à tour ont sifflé.
Le rouge était breton, il a dévoré l'autre.
Arthur te fait chercher, toi, le devin, l'apôtre.
Rends-nous Escalibor!

— Oui, dit Merlin, j'irai !

— Quoi ! dit la fée en pleurs, partir, cher adoré !
Un jour, une heure encor !

— Non, ce serait ma honte ! —

Il se lève et veut fuir. Vivianne est plus prompte.
Enlevant de sa taille une écharpe de lin,
Au buisson d'aubépine elle a lié Merlin,
Et puis, au saule vert qui croit au bord des ondes,
Le rattache neuf fois avec ses tresses blondes.

— Oh ! laisse-moi répondre à la voix de l'honneur ?
C'est elle qui m'appelle... Écoute, c'est Karneur,
Le compagnon d'Arthur... Grâce! adieu, Vivianne! —

Mais comme une couleuvre et comme une lianc,

Ses bras l'ont enlacé.

— Cher amant, ton anneau !
Tu seras libre après de creuser mon tombeau.
Tu m'avais de tes maux justement accusée ;
Emmène-moi ; dis-leur : — Voilà mon épousée !
La gloire de Merlin, se reflétant sur moi,
Brillera comme un astre aux yeux charmés du roi.

— Merlin ! criait Karneur, de toute sa poitrine.

Et le barde répond :

— Viens près de l'aubépine !

— Ton anneau ! dit l'amante, et je romps tous ces nœuds.

— Le voici !

L'escarboucle, en son jet lumineux,
Enveloppe la fée et de feu la colore,
Comme un pur arc-en-ciel couronnant une aurore.
Elle est splendide à voir.

— Grands rochers que voici,
Emprisonnez Merlin !

— A moi, Karneur, ici !

Ce fut son dernier mot. L'escarboucle divine
Attire les menhirs. Le buisson d'aubépine
S'est renfermé sur eux. Plus rien des deux amants,
Qu'une écharpe embaumée aux longs rayonnements.
La fée est le parfum, le barde est la lumière.

Karneur arrive, épuise et menace et prière,

Fouille dans les taillis, dans les buissons touffus,
Va, vient, cherche, interroge, appelle, n'entend plus
Aucun son, nulle part ; il s'étonne, il regarde.

— Je t'invoque à genoux, Merlin, apôtre, barde !

Mais le duz apparaît :

— Vivianne l'a dit,
Enchanté par l'amour, Merlin devient esprit.
Dans les flots, les rayons, dans la brise qui passe,
Invisible, toujours il remplira l'espace.
L'univers sans le voir éprouvera son feu.
L'amour est tout-puissant, l'amour l'a créé dieu !

IV

LE RÊVE DE MERLIN.

Un beau navire ailé, sur la mer diaphane,
Vogue majestueux comme un aigle qui plane.
Les deux amants sont là, calmes, transfigurés,
Tous deux les yeux fixés sur des yeux adorés.
Un fluide éclatant d'éternelle jeunesse
Fait déborder sur eux des torrents de tendresse.
Flots, soyez transparents comme le pur cristal,
Pour bercer ce doux nid de l'amour idéal !
Que, dans son sein vivant, l'océan qui les porte
Crée en ces deux amants la vie unique et forte !

Là-bas, dans l'arc-en-ciel aux fuyantes couleurs,
Des parfums inconnus et de fruits et de fleurs
Attirent leur esquif vers les îles splendides,
Où les nouveaux trésors des jeunes Hespérides
Les attendent. Plus loin, voyez-les fuir encor;
Ils semblent couronnés d'un large nimbe d'or.
Les neuf harpes du barde, aux échos du rivage,
Répètent leurs accents et leur tendre langage;
Et, sous l'impulsion des souffles éthérés,
Dans la grande lueur ensemble ils sont entrés.

V

RÉVEIL DE MERLIN.

Merlin.

Vivianne, es-tu là ? Qui nous a mis des ailes ?
Arrivons-nous ? Les airs se peuplent d'étincelles.
Quel horizon sans borne avons-nous parcouru ?
Le ciel à nos regards serait-il apparu ?

Le duz.

Oui, le ciel vous regarde, et votre esprit s'épure.
Merlin devient rayon, et Vivianne eau pure ;

Et par delà les temps, sous la zone de feu,
Le rayon boit la perle et remonte vers Dieu.
Mais vous avez failli... Des millions d'années
Retiendront ici-bas vos âmes enchaînées.
Ma délivrance est proche, à peine je vous vois,
Car je fus un druide, et j'ai vécu trois fois.

CHŒUR DES KORIGANS.

Les blanches korigans, en secouant leurs ailes,
Font jaillir dans la nuit de vives étincelles.

— L'aurore vient, mes sœurs, car l'étoile a pâli.
Couvrons notre sommeil du voile de l'oubli.
Et vous, filles du jour, dans ces grottes ombreuses,
Venez nous remplacer, ô jeunes amoureuses!
Venez, le chêne est vert, tout gazouille au sentier;
La rose va rougir sur le frêle églantier;
La fontaine Merlin, asile des colombes,
Se cache sous les fleurs comme les jeunes tombes;
Couronnez-vous aussi de ce bleu romarin;

Évoquez doucement Vivianne et Merlin ;
Dites vos chers secrets d'une voix étouffée ;
Prenez pour confidents l'Enchanteur et la Fée.
Rien n'est profane ici ; c'est la grande forêt,
Où, du ciel, le druide annonça le décret.
Ce nom mystérieux, quand l'écho le demande,
Le gui sacré répond dans l'air : — Broceliande !
Entrez au sanctuaire. Ici, comme autrefois,
Dort l'éternel amour au plus profond des bois.

TABLE

OUVRAGES DU MÊME AUTEUR

En vers :

Passion (1864), Paris, éditeur Jules Tardieu.

Après l'Amour (1867), Paris, chez A. Lemerre.

Fleurs du Passé (1868), Paris, chez Ghio.

Légendes bretonnes (1887), éd. illustrée, Paris, chez A. Lemerre.

SOUS LE PSEUDONYME DE *COMTE DE SAINT-JEAN*

En prose :

La Chapelle de Bethléem, roman (1867), Nantes, chez Libaros, *épuisé.*

Mobiles et Zouaves bretons (1871), Nantes, chez Libaros, *épuisé.*

Michel Marion, roman historique, admis sur la liste de l'Instruction publique (1882), Paris, chez Dentu.

Les Routes croisées, roman couronné par l'Académie de la Loire-Inférieure (1885), Nantes, chez Libaros.

Les Oiseaux des Tournelles, pièce dramatique, représentée à Paris en 1877.

En vers :

Les Reflets de la Lumière (1857), Paris, chez Dentu, *épuisé.*

Salomon, poème (1872), Nantes, chez Libaros, *épuisé.*

Légendes bibliques et orientales (1882) Paris, chez Palmé (trois médailles).

Paris. — Typographie J. Mongruel.

www.ingramcontent.com/pod-product-compliance
Ingram Content Group UK Ltd.
Pitfield, Milton Keynes, MK11 3LW, UK
UKHW012045240726
13965UKWH00003B/1059